Alfred Christlieb K

Die „Unsterbliche Geliebte"
Beethovens

Giulietta Guicciardi oder Therese Brunswick?

Europäischer
Musikverlag

Alfred Christlieb Kalischer

Die „Unsterbliche Geliebte" Beethovens

Giulietta Guicciardi oder Therese Brunswick?

ISBN/EAN: 9783956980282

Auflage: 1

Erscheinungsjahr: 2013

Erscheinungsort: Norderstedt, Deutschland

Hergestellt in Europa, USA, Kanada, Australien, Japan
Europäischer Musikverlag in Hansebooks GmbH, Norderstedt

Die

„Unsterbliche Geliebte" Beethovens.

Giulietta Guicciardi

oder

Therese Brunswick?

Von

Dr. Alfred Christlieb Kalischer.

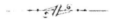

Dresden.

Verlag von Richard Bertling.

1891.

Inhalt.

Druck von Oscar Brandstetter in Leipzig.

Vorwort.

Kaum hatte ich meinen Aufsatz: Beethovens „Unsterbliche Geliebte" in den Sonntagsbeilagen zur
„Vossischen Zeitung" vom 26. Juli und 2. August d. J.
(Nr. 30 und 31) veröffentlicht, als die verehrte Ver-
lagsbuchhandlung mich durch die Aufforderung erfreute,
ich möchte die darin enthaltene „treffliche Widerlegung"
der Mariam Tengerschen Schrift über dieses Thema
in Buchform erscheinen lassen. Um nun dem freund-
lichen Leser dann gleich ein kleines Ganzes über diese
Streitfrage in der Geschichte Beethovens darzubieten,
machte ich dem Herrn Verleger den bereitwillig an-
genommenen Vorschlag, daß sich diesem Wiederabdruck
aus der „Vossischen Zeitung", der hier mit mancherlei
kleinen Veränderungen erfolgt, auch meine früheren
Auseinandersetzungen über dasselbe Thema mit Herrn
A. W. Thayer selbst anschließen sollen. Dieses geschah nach dem Erscheinen des 2. und 3. Bandes der
Thayerschen Beethovenbiographie, 1871, 1872 und
1879 in Fachzeitschriften. Daraus wird das Wissens-

werte nebst erforderlichen Ergänzungen im II. und III. Stücke dieses Büchleins vorgeführt.

Endlich erschien es auch notwendig, den wunderbaren „Liebesbrief" selbst aufs neue hier zum Abdruck zu bringen. Zu diesem Zwecke machte ich mir nach dem in der Königlichen Bibliothek zu Berlin befindlichen Originalmanuscripte eine sorgfältige diplomatisch getreue Abschrift. Bei dieser Gelegenheit machte ich jedoch eine merkwürdige Entdeckung, die — so geringfügig sie auch erscheinen mag, — dennoch vielleicht geeignet ist, eine neue Spur in diesem interessanten Beethoven-Rätsel zu enthüllen. Das Nähere darüber giebt das IV. und letzte Stück dieser Schrift.

Berlin im August 1891.

Dr. Alfr. Chr. Kalischer.

Beethovens „Unsterbliche Geliebte."

Nach und gegen Mariam Tenger.

I.*

Die von A. W. Thayer erhobene Streitfrage,
wann und an wen Beethoven seinen wunderherrlichen
„Liebesbrief" geschrieben habe, scheint gegenwärtig in
ein neues Stadium getreten zu sein. Die Schrift-
stellerin Mariam Tenger Pseudonym hat es unter-
nommen, in verschiedenen litterarischen Skizzen, zuletzt
in einer besonderen Schrift: „Beethovens Unsterbliche
Geliebte, nach persönlichen Erinnerungen" (Bonn 1890)
die Musikwelt darüber aufzuklären.

Der Liebesbrief ist ein dreiteiliger Seelenerguß:
das erste Stück hat die Datierung: „Am 6. Juli
Morgens," das zweite: „Abends Montags am 6. Juli"
und das dritte Stück hat das mit Begrüßung ver-
bundene Datum: „Guten Morgen am 7. Juli." Das
dritte Stück dieses leidenschaftlichen Liebesgedichtes in
Prosa, welches nach Wilhelm v. Lenz „mit Ehren
einen Platz in der ‚Nouvelle Héloïse' einnehmen" dürfte,

* Vossische Zeitung, Sonntagsbeilagen vom 26. Juli und
2. August 1891, mit einigen Abänderungen und Ergänzungen.

beginnt nun mit folgenden Worten: „Schon im Bette
drängen sich die Ideen zu dir, meine unsterbliche Ge=
liebte, hier und da freudig, dann wieder traurig, vom
Schicksal abwartend, ob es uns erhört."

Von der hier allein vorkommenden Anrede, „meine
unsterbliche Geliebte," hat sich in der Geschichte Beet=
hovens der Gebrauch eingebürgert, von der „Unsterb=
lichen Geliebten" des Meisters zu sprechen.

Nach dem Vorgange Anton Schindler's, des
ersten Hauptbiographen Beethovens, nahm alle Welt
unbedenklich an, daß dieser Liebesbrief an die Gräfin
Giulietta Guicciardi, nachmalige Gräfin Gallen=
berg, gerichtet war, welcher die allerdings unsterbliche
Sonata quasi Fantasia in Cis-moll (op. 27, 2.), die
sogenannte „Mondschein"= oder „Laubensonate" ge=
widmet ist.   Da erschien im Herbste 1871 der 2. Band
der Thayer'schen Beethovenbiographie, worin dieser
verdienstvolle Autor die verblüffende These aufstellte
und verfocht, daß unser Liebesbrief nicht an die Gräfin
Guicciardi=Gallenberg gerichtet sein könne; Beethovens
„Unsterbliche Geliebte" müsse also eine andere Dame
sein.   Ich trat schon damals gegen diese Argumen=
tation auf.*)

Im 3. Bande seiner Beethovenbiographie (1879)
glaubte Thayer den Schleier lüften zu dürfen und
nannte der erstaunten Welt als Beethovens „unsterb=
liche Geliebte" die Gräfin Therese von Brunswick;

---

* Siehe das II. Stück dieser Schrift.

freilich salvierte sich Thayer dort in einer Note einigermaßen, indem er seine Vermutung nur als „größte Wahrscheinlichkeit" hinstellte III. p. 159). — Auch damals trat ich als entschiedener Opponent dieser These auf*).

Lobend hebe ich den Bearbeiter der neuesten Auflage der A. B. Marx schen Beethovenbiographie, Herrn Dr. G. Behncke hervor, der diese Thayersche These nicht anerkennen mag. Ludwig Nohl, der in seinem Hauptwerke III. Band 1877) noch ganz den alten Standpunkt vertritt, erscheint in seiner populären kleinen Biographie bei Reklam halb bekehrt. Jener Liebesbrief soll nun nicht mehr an die Gräfin Guicciardi gerichtet sein, auch nicht 1801 oder 1802, wie er es früher annahm, geschrieben sein, sondern 1806; aber die Persönlichkeit selbst, also die „unsterbliche Geliebte" kann er nicht feststellen; die Gräfin von Brunswick ist es nicht; jene Persönlichkeit selbst bleibt ihm „unbekannt."

All solchen Zweifeln, Skrupeln und Bekenntnissen, „daß wir nichts wissen können," will nun Mariam Tenger ein Ende bereiten. Sie weiß es mit apodiktischer Zuversicht, daß jener Liebesbrief an die Gräfin Therese von Brunswick gerichtet ist, daß diese Dame nicht nur die „unsterbliche Geliebte" sondern auch die erklärte Braut Beethovens gewesen sei.

Gleich die ersten Worte der Vorrede zur zweiten

---

* Siehe das III. Stück dieser Schrift.

Auflage des M. Tenger'schen Büchelchens sind ein starkes
Kuriosum. Die Verfasserin beginnt: „Als ich aus
Anlaß der Bonner Beethovenfeier im Frühling 1890
meine persönlichen Erinnerungen an die ‚Unsterbliche
Geliebte‘ niederschrieb, hatte ich Alexander Wheelock
Thayer's Werk ‚Ludwig van Beethovens Leben‘ noch
nicht gelesen." Nun, die hierin vorgeführten sogenannten
„persönlichen Erinnerungen" sind von der Verfasserin
nicht erst aus Anlaß der Bonner Beethovenfeier niedergeschrieben worden; vielmehr hat sie das Wesentliche
jenes Inhaltes bereits mehrere Jahre vorher in verschiedenen Zeitschriften veröffentlicht, u. A. im „Deutschen Adelsblatt" vom 22. Januar 1888 unter dem
Titel: „Gräfin Therese Brunswick. Ein Beitrag zu
Ludwig van Beethovens Lebensgeschichte." Ein schlim-
mes Kriterium wahrlich für die Wissenschaftlichkeit,
für die Gewissenhaftigkeit eines Autors, der mit solchen
Dingen vor die Öffentlichkeit tritt, ohne eine der vor-
züglichsten und in diesem Falle die einzig in Frage
kommende Quelle für den Gegenstand seiner Darstellung auch nur gekannt zu haben. In derselben
Vorrede beklagt die Verfasserin den Verlust ihrer
Tagebücher, welche für ihre jetzigen Aufzeichnungen
„eine wertvolle Quelle und Stütze gewesen wären."
Allein unsere Verfasserin, die, wie ein weiblicher Ritter
Georg, jeden Drachen des Zweifels gegen ihre Be-
hauptungen niederschlagen möchte, beruft sich auf den
tiefen Eindruck, den die Erscheinung ihrer „mütterlichen
Freundin" — eben der Gräfin Therese — auf sie ge-

macht habe, und dann auf ihr sicheres Gedächtnis in all diesen Dingen. Sie erklärt: „Meine Aufzeichnungen sind übrigens, was ich hier ausdrücklich versichern möchte, gewissenhaft, und nur so weit ich meines Gedächtnisses sicher war, niedergeschrieben, und ich darf die möglichste Zuverlässigkeit dafür in Anspruch nehmen."

Von dieser Gewissenhaftigkeit, namentlich von der Sicherheit des Gedächtnisses, werden wir bald sattsame Proben zu hören bekommen.

Noch eine letzte Stelle sei aus dieser Vorrede hervorgehoben, die uns die Verstandeskraft dieser allerneuesten Arbeiterin im Weingarten Beethovens schier unheimlich beleuchten will. Mariam Tenger vermeldet da, daß A. W. Thayer im 2. Bande seines Werkes das Bildnis einer anmutigen jungen Dame beschreibe, welches aus dem Nachlaß Beethovens herrühre. „Thayer" — so behauptet Mariam Tenger — „spricht es nicht bestimmt aus, aber man empfängt aus seinen Andeutungen doch den Eindruck, daß er Gräfin Therese Brunswick für das Urbild jenes Porträts gehalten habe. Auch diese seine Annahme ist thatsächlich begründet."

Wirklich! Nun höre man Thayer selbst II. p. 62, wo er über die Geschwister Josefine und Therese von Brunswick spricht: „Dieselbe Theresia war also damals (1800) ungefähr 22 Jahre alt, folglich durchaus im stande, Beethoven zu schätzen, zu verstehen, und zu bewundern. Eins der wenigen Gemälde, die noch im

Besitze der Erben des Komponisten sind, ein Ölgemälde, stellt das anmutige und freundliche Antlitz einer jungen Dame von etwa 20 bis 25 Jahren dar, und trägt auf der Rückseite des Rahmens folgende Inschrift:

> Dem seltenen Genie,
> Dem großen Künstler,
> Dem guten Menschen.	Von T. B.

„Im Jahre 1810 widmete ihr Beethoven die Sonate Op. 78. Sie lebte und starb unverheiratet."

Hier sind positive Dinge, keine Andeutungen. Nur wer in Sachen Beethovens so erschreckend unwissend ist, wie Mariam Tenger, nur wer etwa nicht weiß, daß die Sonate Op. 78 die der Gräfin Th. von Brunswick gewidmete Fis-dur-Sonate ist, kann sich genötigt sehen, etwas feststellen zu wollen, was durchaus keiner Feststellung bedarf.

Gelangen wir nun zum Texte selbst, so wird es uns gleich auf der ersten Seite klar, wes Geistes Kind diese schriftstellernde Dame ist. Sie berichtet von einem alten Schranke, in dem sich unter anderen wichtigen Papieren der bekannte Liebesbrief befand. Dann heißt es wörtlich: „Es fand sich in dem Schranke ferner ein weibliches Bildnis mit einer Widmung von der Hand des Urbilds: ‚Dem seltenen Genie, dem großen Künstler, dem guten Menschen von T. B.‘"

Wie kommt Mariam Tenger zu dieser Mitteilung, die allen Thatsachen ins Angesicht schlägt? Denn jene Briefe fanden sich überhaupt in keinem Schranke, — aber noch viel weniger ruhten jene Briefe in Gemeinschaft mit irgend welchem Bilde, am allerwenigsten mit demjenigen der Gräfin Therese von Brunswick.

Hören wir die klassischen Zeugen darüber. Anton Schindler, der jenen eine Art Trinität bildenden Lie= besbrief — er trägt durchaus nicht etwa die Auf= schrift an die „unsterbliche Geliebte" — zuerst mit= teilte, berichtet: „Stephan von Breuning fand sie" die drei Briefe „nebst anderen dem Freunde wichtigen Briefschaften nach dessen Ableben in einem geheimen Lädchen einer Kassette" I, p. 97, 3. Aufl.. Nichts von irgend welchem Bilde dabei.

Ein anderer klassischer Zeuge ist Dr. Gerhard von Breuning, der gerade über die letzten Zeiten in Beet= hovens Leben Klarheit gegeben hat. Nach dessen Er= zählung befanden sich die Briefe in einem „geheimen Fache" eines Schreibpultes, welches jetzt Dr. von Breu= ning gehört. (Aus dem Schwarzspanierhause. S. 112. Auch dieser erwähnt nichts davon, daß die an die Gräfin Giulietta Guicciardi gerichteten Briefe so zu lesen trotz Thayer zusammen mit einem Bilde aufge= funden wären, welches die Namensunterschrift J. B. trug. Jenes Objekt war ein Schreiberollpult, welches Vater Breuning in der Auktion nach Beethovens Tode für seinen Freund Hofrat Baron Neustädter erstand; nach dessen Tode kam das Pult in Gerh. v. Breu= nings Besitz.

Dabei erfahren wir jedoch durch den Mund dieses wahrhaft klassischen Zeugen S. 124, daß dieser unter anderem noch zwei Damenporträts aus Beethovens

Nachlaß erhielt, „deren eines der noch lebende Graf Gallenberg als jenes seiner Mutter geborene Giulietta Guicciardi erkannte." Das ist eine für die schwebende Streitfrage höchst wichtige Notiz. Gerhard von Breuning erwähnt es gar nicht, wen das andere Damenporträt darstellen mochte; aber eines wurde von kompetentester Seite als dasjenige der Gräfin Guicciardi erkannt. Von einem Bildnisse der Gräfin Therese von Brunswick erwähnt Breuning gar nichts; noch viel weniger, daß sich ein solches, oder überhaupt ein Bildnis in jenem geheimen Fache des Schreiberollpultes befunden habe. Auch A. W. Thayer vermeldet nichts davon, daß man Theresens Ölbild zusammen mit dem Liebesbriefe vorgefunden habe. Was also Mariam Tenger darüber mitteilt, ist erfunden.

II.

Doch bald erfahren wir neue Wissenschaftlichkeitswunder. „Mit diesem Bilde in der Hand," heißt es dort p. 9, „im Selbstgespräch und zu Thränen bewegt, fand den großen Meister in seinem Todesjahre einer seiner glühendsten Verehrer, der Baron Spaun." Das wäre also 1827 gewesen. Ich habe mich ein volles Vierteljahrhundert aufs eifrigste der Beethovenlitteratur gewidmet, aber noch niemals ist mir während dieser ganzen Studien irgendwo der Name eines Herrn von Spaun begegnet. Vergebens wird man sich in sämtlichen Beethovenbiographieen nach einem solchen

Namen unsehen. Weder Wegeler — Ries, noch Schindler,
noch Marx, noch Nohl, noch Thayer, noch auch einer
der sonstigen Beethovenforscher wie Nottebohm, G.
von Breuning oder Frimmel wissen etwas von einem
Herrn von Spaun in der Beethovenlitteratur.

Aber bei Mariam Tenger spielt Baron Spaun die
Hauptrolle. Sie weiß zu berichten, daß Baron Spaun,
der „für einen alten Sonderling" galt, als junger
Mann mit all den Künstlern verkehrt hatte, „die eine
Rotte um den Meister bildeten." Ja, dieser frag-
würdige Baron Spaun gehörte nach Mariam Tenger
sogar zu den Dutzbrüdern des Meisters. Einmal soll
er zu ganz ungewohnter Stunde bei Beethoven ein-
getreten sein. Als ob das bei Beethoven so ohne
weiteres anginge. Wie üblich saß Beethoven vor dem
Theresiabilde, „welches er in den Händen hielt und
weinend küßte." Beethoven monologisierte. Der „un-
berufene Lauscher" kommt nach einer Weile zurück und
findet Beethoven „am Klavier herrlich phantasierend."
Und da entspinnt sich folgender kurzer Dialog zwischen
Spaun und Beethoven, von dessen Stocktaubheit und
schwerer Krankheit — es ist ja 1827 — Mariam
Tenger keine Ahnung hat. Baron Spaun sagt: „Heut
ist ja gar nichts Dämonisches in deinem Gesicht, alter
Bursche." Und Beethoven antwortet: „Mir ist mein
guter Engel erschienen!" (a. a. O. p. 33/34).

Der wie ein Deus ex machina auftauchende
Baron Spaun flößt endlich der Verfasserin auch die
Mär ein, daß man jenes Theresiabild mit dem Briefe

an die „Unsterbliche Geliebte" in einem Schranke des
Beethovenschen Nachlasses wiedergefunden habe. Aus
der bereits früher mitgeteilten Stelle wissen wir, daß
diese Scene im „Todesjahre" Beethovens stattgefunden
habe. Aber selbst die Konversationshefte, welche ein
getreues Spiegelbild aller Beethovenbeziehungen von
1819—1827 abgeben, wissen nichts von einem Herrn
von Spaun. Vielleicht gelingt es Mariam Tengers
außergewöhnlichen Späheraugen dennoch, ihren wunder-
samen Beethovenfreund von Spaun in den Konversationsheften der letzten Beethoven-Jahre (1826 bis
1827 ausfindig zu machen.

Des weiteren sei an die denkwürdige Adresse erinnert, welche unserem Beethoven 1824 (Februar) von
den angesehensten Freunden und Verehrern seiner Muse
überreicht wurde. Der Name von Spaun ist nicht
unter den Unterzeichneten, die man sämtlich in den be-
kannten Biographieen Beethovens aufgeführt findet.

Nun, dieser Baron von Spaun soll ja im letzten
Lebensjahre Beethovens besonders viel bei ihm verkehrt haben. Als besonderer Freund, Verehrer und
Dutzbruder des Meisters hätte er sich doch wohl irgend-
wie offiziell an der Leichenfeier für denselben beteiligt.
Ignatz Ritter v. Seyfried hat uns im Anhange zu
seinem Buche „Beethovens Studien" u. s. w. das
Leichenbegängnis Beethovens eingehend geschildert. Er
zählt die 8 Choristen des Hofoperntheaters auf, welche
die Leiche auf ihren Schultern trugen, ferner die Mit-
glieder des Sängerchores, dann die 8 Kapellmeister,

welche die vom reich gestickten Bahrtuche herabhängen=
den weißen Bandschleifen hielten: Eybler, Hummel,
Seyfried und Kreutzer zur Rechten, Weigl, Gyro=
wetz, Gänsbacher und Würfel zur Linken, dann die
36 Fackelträger, bestehend aus Kunstfreunden, Dichtern,
Schriftstellern, Tonsetzern, Schauspielern und Musikern,
als Anschütz, Bernard, Jos. Böhm, Castelli,
Carl Czerny, Sigr. David, Grillparzer, Conr.
Graf, Grünbaum, Haslinger, Hildebrand, Holz,
Katter, Krall, Sigr. Lablache, Baron Lannoy,
Linke, Mayseder, Mr. Merie, Merk, Merchetti,
Meier, Sigr. Paccini, Piringer, Radichi, Rai=
mund, Riotte, Schoberlechner, Schubert, Schickh,
Schmidl, Streicher, Schuppanzigh, Steiner,
Weidmann, Wolfmayer „sämtlich in Trauerkleidern,
mit weißen Rosen und Liliensträußen, befestigt am
Arme durch die Flöre, und mit brennenden Wachs=
fackeln" (Seyfried, Studien Beethovens, Anhang p. 47).
Aber kein Herr von Spaun ist unter diesen 36 oder
— nach anderen — 38 Fackelträgern*. Die Breunings
und Schindler folgten nebst den Verwandten als „Leid=
tragende." Sonst befanden sich unter jenen 36 oder
38 Fackelträgern alle die Männer, die man zur Ge=
nüge aus dem wirklichen Beethovenkreise kennt, ja es

---

* Die beiden noch fehlenden Fackelträger werden wohl Franz
Lachner und Josef Randhartinger gewesen sein, die Freunde
Schuberts: in deren Begleitung folgte Schubert dem Begräbnisse
Beethovens. Vgl. Dr. Heinrich Kreißle von Hellborn: Franz
Schubert, Wien 1865, p. 266.

sind sogar manche darunter, die wenig oder gar nicht in Beethovens Geschichte hervortreten. Und dennoch kein von Spaun.

Was lehrt denn nun diese ganze Spaun-Geschichte? Entweder hat sich Mariam Tenger vom Baron Spaun, der ja nach ihren eigensten Bekenntnissen „für einen alten Sonderling galt", die possierlichsten Münchhause-niaden aufbinden lassen, oder sie leidet an einer litterarischen Hallucination*).

Mariam Tenger will es ferner aus dem eigenen Munde der Gräfin Therese wissen, daß sich Beethoven im Mai 1806 auf dem Brunswick'schen Familiengute Martonvásár „heimlich mit der Gräfin verlobte". Nur Beethovens Freund und — wirklicher — Dutzbruder, Theresens Bruder Franz, „war im Geheimniß." — Man sollte meinen, das eben geschlossene Bündnis

---

*) Es bleibt jedoch nicht ausgeschlossen, daß Herr von Spaun ein flüchtiger Bekannter von Beethoven gewesen sei. — In Verbindung mit Beethoven ist mir sein Name nur auf einem Phantasiebilde begegnet, von dem ich auch nur zufällig die Anzeige gelesen habe. Unter den Anzeigen, die Josef Böcks Studie „Ludwig von Beethoven in Heiligenstadt und Nußdorf" Heiligenstadt 1890 angefügt sind, kündigt die Kunsthandlung V. A. Heck in Wien an: „1826. Schubertiade bei Ritter von Spaun. Heliogravüre nach dem Ölbild von H. Temple. — Gruppenbild darstellend Schubert, Beethoven, Grillparzer, Bauernfeld, Schwind, Kupelwieser, Vogl, Spaun, die Schwestern Fröhlich u. a." Danach hätte Beethoven eine Schubertiade bei Freih. von Spaun mitgefeiert. Was eine abenteuerliche Phantasie doch nicht alles auszuhecken vermag!

müßte alle Trauer und Niedergeschlagenheit weit aus
Beethovens Seele gescheucht haben: und doch soll er
ihr darauf (Juli 1806) jenen Liebesbrief, der von
Trauer und Wehmut durchtränkt ist, der ohne rechte
Hoffnung und Freudigkeit ist, geschrieben haben. Dieses
Verlöbnis soll vier Jahre, bis 1810, gedauert haben.

Man vergegenwärtige sich das Bild des sitten=
strengen Beethoven, der 1806 etwa 36 Jahre alt war.
Nun besitzen wir aber einen Brief Beethovens an
seinen vermeintlichen Schwager, Grafen Franz von
Brunswick, der datiert ist: „Am 11. May 1806. Wien
an einem Maytage".*

In diesem Briefe — überhaupt dem einzigen
Beethovenbriefe, der von des Grafen Schwester spricht
— ist dieser den Umständen nach erstaunliche Passus
enthalten: „Küsse deine Schwester Therese, sage ihr,
ich fürchte, ich werde groß, ohne daß ein Denkmal
von ihr dazu beiträgt, werden müssen." Wird ein
Verlobter, und ein Verlobter von der Art, wie man
sich den Dichter des Liebesbriefes an die „Unsterbliche
Geliebte" vorzustellen hat, in diesem burschikosen Tone
von der heilig verehrten Königin seines Herzens
sprechen? Wird überhaupt ein Verlobter, ein vor dem

---

* A. W. Thayer setzt den von Beethoven genau datierten
Brief nichtsdestoweniger in das Jahr 1807 Leben Beethovens III,
p. 11. — Ohne hier weiter auf diese chronologische Korrektur
einzugehen, will ich nur bemerken, daß die Thayer=Tengerische
These damit nichts gewinnt. Vielmehr ließe ein Jahr nach der
vermeintlichen Verlobung diesen Ton noch befremdender erscheinen.

Bruder der Braut erklärter Bräutigam das briefliche
Küssen einem Dritten übertragen? Oder schriebe ein
Verlobter in diesem Falle nicht wenigstens: „Küsse
meine geliebte Braut, deine Schwester Therese." —
Gerade der ganze Ton dieses Briefes beweist es, daß
von einer tieferen Neigung des Meisters zu dieser
Dame nicht die Rede sein kann. Er mag ihr, wie so
mancher anderen Schönen, ein wenig den Hof gemacht
haben.

III.

Aber Mariam Tenger will, daß Beethoven der
Bräutigam der schönen Gräfin Therese von Brunswick sei.

Verfolgen wir darum den Charakter des „Bräutigams" Beethoven 1806—1810 noch ein wenig
weiter. In den „Neuen Briefen Beethovens" (Nohl)
sind aus dieser Zeit (1806—1809 oder 1810) eine
Menge Briefe Beethovens an seinen Freund Ignaz
von Gleichenstein enthalten. Da ist es denn er-
staunlich, zu lesen, daß jetzt gerade Beethoven, der mit
seiner „Unsterblichen Geliebten" heimlich fest verlobt
sein soll, eifrig auf der Frauensuche ist. Voller Humor,
ohne allen Schein von Traurigkeit wird Freund Gleichenstein aufgefordert, ihm behilflich zu sein, eine Lebens-
gefährtin ausfindig zu machen. So schreibt Beethoven
— der Brief darf ins Jahr 1809 gesetzt werden, wie
Nohl und Thayer mit Recht thun — seinem Baron
von Gleichenstein: „Nun kannst du mir helfen eine

Frau suchen: wenn du dort in F. Freiburg eine schöne findest, die vielleicht meinen Harmonien einen Seufzer schenkt, doch müßte es keine Elise Bürger sein, so knüpf' im voraus an. Schön muß sie aber sein, nichts nicht Schönes kann ich nicht lieben — sonst müßte ich mich selbst lieben." (Nohl „Neue Briefe Beethovens" p. 38. Müßte man — wenn das Verlöbnis eine Wahrheit wäre — Beethoven nicht für höchst leichtfertig und treulos erklären? Doch das sei ferne: vielmehr ist das ganze Verlöbnis eitel Chimäre — weiter nichts.

Und noch weit früher — 1807 — also sehr bald nach dem vermeintlichen Abschlusse des Verlöbnisses mit der Gräfin Therese von Brunswick befindet sich der „Bräutigam" Beethoven ernstlich in den Zauberbanden einer anderen Therese, der blutjungen Therese Malfatti, nachmaligen Baronin von Droßdick. Und der „verlobte" Beethoven seufzt und schmachtet hier, wie ein Seladon in optima forma. Freund Gleichenstein, der im Malfattischen Hause aufs innigste verkehrte — er heiratete nachmals Theresens jüngere Schwester Anna, — gerät in eine schlimme Lage, da ihm die Liebe Beethovens zu Therese Malfatti immer klarer wird. Hören wir einige dieser Seufzer und Wünsche des „Bräutigams" Beethoven an Gleichenstein: „Grüße nur alles, was dir und mir lieb ist, wie gern würde ich noch hinzusetzen und wem wir lieb sind???? wenigstens gebührt mir dieses ? Zeichen."

Das bezieht sich alles auf das Malfati'sche Haus,

wo für Beethoven ein neuer Stern Therese am Liebes-
himmel aufging.

Ferner an denselben (1807): „Hier die Sonate),
die ich der Therese versprochen. Da ich sie heute
nicht sehen kann, so übergieb sie ihr — empfehl mich
ihnen allen, mir ist so wohl bei ihnen allen, es ist,
als könnten die Wunden, wodurch mir böse Menschen
die Seele zerrissen haben, wieder durch sie könnten ge-
heilt werden, ich danke dir, guter G., daß du mich
dorthin gebracht hast."

Die Neigung zu Therese Malfatti, die später zu
einem Heiratsantrage führte, entwickelte sich gerade
jetzt während des vermeintlichen Bräutigamsstandes
Beethovens in starker leidenschaftlicher Weise. In einem
Briefe an diese junge liebreizende Dame aus dieser
Periode schreibt Beethoven am Schlusse: „Leben Sie
nun wohl, verehrte T., ich wünsche Ihnen alles, was
im Leben gut und schön ist, erinnern Sie sich meiner
und gern — vergessen Sie das Tolle — seyn Sie überzeugt, niemand kann Ihr Leben froher, glücklicher wissen
wollen, als ich und selbst dann, wenn Sie gar keinen
Anteil nehmen an Ihrem ergebensten Diener und Freund
Beethoven."

Bald wird es klar, daß Beethovens Herz tief
verwundet ist. Etwa 1808 schreibt der liebeskranke
Meister — immer als „Bräutigam" der Gräfin Th.
von Brunswick? — an Gleichenstein, den nachmaligen
Schwager seiner Angebeteten: „Deine Nachricht stürzte
mich aus den Regionen des höchsten Entzückens wieder

tief herab. Wozu denn der Zusatz, Du wolltest mir es
sagen lassen, wann wieder Musik sei? — Bin ich denn
gar nichts als dein Musikus oder der andern? — so
ist es wenigstens auszulegen. Ich kann also nur wieder
in meinem eigenen Busen einen Anlehnungspunkt suchen,
von außen giebt es also gar keinen für mich. Nein, nichts
als Wunden hat die Freundschaft und ihr ähnliche
Gefühle für mich. — So sei es denn, für Dich armer
B. giebt es kein Glück von außen, das mußt Du alles
in Dir selbst erschaffen, nur in der idealen Welt findest
Du Freunde."

Die Leidenschaftlichkeit dieser Liebe Beethovens
zu der etwa 15 jährigen Therese Malfatti geht noch
aus manchen anderen Briefen des Liebenden an Gleichenstein und andere hervor. Ein Brief „Pour mon ami
Baron de Gleichenstein" beginnt wieder in solchen
Elegieen: „Du lebst auf stiller ruhiger See oder schon
im sicheren Hafen — des Freundes Noth, der sich im
Sturm befindet, fühlst Du nicht — oder darfst Du
nicht fühlen — was wird man im Stern der Venus
Urania von mir denken, wie wird man mich beurtheilen,
ohne mich zu sehen — mein Stolz ist gebeugt, auch
unaufgefordert würde ich mit Dir reisen dahin — laß
mich Dich sehen morgen früh bei mir, ich erwarte
Dich gegen neun Uhr zum Frühstück."

Wie man auch über dieses Verhältnis denken mag,
wir erquicken uns doch an diesen echt Petrarkischen
Tönen, die hier dem unerschöpflichen Gemütsleben des
Meisters entquellen: aber wir müssen es beklagen, daß

er trotz allem Mangel an Aufmunterung dennoch später
den übereilten Schritt that, geradewegs um Therese
Malfattis Hand anzuhalten. Auch dieser Schlag mußte
ertragen und durch die erlösende Macht seiner Tonmuse verklärt werden.

Einen Nachklang all dieser Liebesleiden dürfen
wir in einem Briefchen an einen anderen bewährten
Freund, an den Baron Zmeskall von Domanovecz er-
blicken, der die Skizzierung des Beethovenschen Seelen-
zustandes in dieser angeblichen Bräutigamsepoche beschließen mag:

„Lieber Z., seyn Sie nicht böse über meine Blätt-
chen, erinnern Sie sich nicht (der) Lage, worin ich bin,
wie einst Herkules bei der Königin Omphale??? ich
bat Sie, mir einen Spiegel zu kaufen, wie der Ihrige,
und bitte Sie, sobald Sie den Ihrigen, den ich ihnen
hier mitschicke, nicht brauchen, mir ihn doch heute wieder zusenden, denn der meinige ist zerbrochen — leben
Sie wohl und schreiben ja nicht mehr der große Mann
über mich — denn nie habe ich die Macht oder die
Schwäche der menschlichen Natur so gefühlt als itzt.

Haben Sie mich lieb."

Dieser Brief ist aus dem Frühjahr 1810.

Es wird nunmehr einleuchten, daß Beethoven gerade in der Periode, die man geflissentlich als eine Zeit
von Herzensgebundenheit hinstellen und als solche aller
Welt verkünden möchte, also 1806—1810, zu ander-
weitigem, mannigfachstem Liebesleben gestimmt und auf-
gelegt war, wie kaum zu einer anderen Zeit seines Daseins.

Mariam Tenger versichert, daß dieses vermeint=
liche Verlöbniß zwischen Beethoven und Gräfin von
Brunswick 1810 „nach vierjähriger Dauer plötzlich ge=
löst wurde." Diese Kennerin kann uns sogar die ver=
blüffende Mitteilung machen, daß Beethoven von dem
Bruche „so gebeugt gewesen zu sein scheint, daß er
zum Schaffen unfähig war. In der That hat sein
Genius 1810 geruht." p. 17. Nun — in der That
schuf Beethovens Genius 1810 die gesamte Musik zu
Goethes Egmont, eine Anzahl anderer Lieder zu Goethe=
Gedichten; in der That entstanden in diesem Jahre
1810 eine Fülle kleinerer Kompositionen, wie 43 irische
Melodieen, Ritornelle und Begleitungen Klavier, Vio=
line und Violoncell Ecossaise und Polonaise für Har=
moniemusik ꝛc., dann das Quartetto Serioso für v.
Zmeskall, — was die gänzlich oberflächliche Ver=
fasserin alles bei ihrem einzigen Vertrauensmanne, Herrn
A. W. Thayer III. S. 160 ff. nachlesen kann. Und
in der That wurden in demselben Jahre 1810 eine
große Anzahl hervorragender Kompositionen des Meisters
veröffentlicht, wozu doch wohl auch starke Geistesarbeit
erforderlich ist. Ich nenne aus dieser Fülle nur: die
Oper Leonore in 2 Aufzügen ohne Ouverture und
Finalen, dann die große Leonore=Ouverture No. 3.,
ferner das dem Fürsten v. Lobkowitz gewidmete Streich=
quartett in Es op. 74, die 6 Gesänge op. 75 mit Goethe=
Texten, der Fürstin von Kinsky zugeeignet, die dem
Grafen von Brunswick und seiner Schwester gewidmeten
Klavierstücke, op. 77 Phantasie in G-moll und op. 78

(Sonate in Fis-dur), das Sextett für zwei Violinen, Bratsche, Violoncello und zwei obligate Hörner (op. 81 b) 2c. 2c. Ich sollte meinen, das wäre für ein Schaffensjahr, auch für ein Beethovensches, gerade genug. Und das alles trotz der Herzensanregungen durch The-rese Malfatti und ihren Kreis! Mariam Tenger aber will von ihrer „mütterlichen Freundin," der Gräfin von Brunswick, vernommen haben: „Daß in die vier Jahre unseres Brautstandes die herrlichsten Schöpfungen seines Genius fielen, und daß sie im Stillen alle mir ge-widmet waren, wurde mir erst viel, viel später zum Trost." So viel Worte, so viel Ungereimtheiten. —

Besonders charakteristisch ist noch die Mitteilung der Gründe, welche das Ende dieses imaginären Ver-löbnisses herbeigeführt haben. Hierbei wird das selbstgerühmte „sichere Gedächtnis" der Erzählerin in erstaunlichstem Glanze strahlen. Wir lesen hier (p. 58): „Über die näheren Umstände und die eigentlichen Ur-sachen der Katastrophe beobachtete Gräfin Therese stets tiefes Schweigen. Doch ist nur zu wahrscheinlich, daß Beethovens plötzliches und heftiges Dringen auf endlichen Abschluß des Ehebündnisses dazu geführt hat."

Im „Deutschen Adelsblatt" jedoch weiß die Ver-fasserin die Ursachen des Bruches ganz anders — und sehr positiv — anzugeben. In einer langen Fußnote wird dort vom „Tone höchster Verfeinerung" ge-sprochen, der in der Familie Brunswick herrschte. Beethovens heftige, jähzornige Gemütsart, die den schroffsten Gegensatz dazu bildete, habe auch schließlich die Katastrophe herbeigeführt. „Wir wissen" — so erzählt Mariam Tenger — „daß der große Meister in Momenten, wo die Not des Daseins über seinen Genius siegte, sich der wildesten, furchtbarsten Heftigkeit hingeben konnte. Wir wissen, daß der Neffe, den er lieben wollte und heiß hassen mußte, an solchen Wutausbrüchen zumeist schuld war. Gräfin Therese ist in Martonvásár zufällig Zeuge eines solchen Ausbruches geworden. Wahrscheinlich wußte nur ihr Bruder den ganzen Verlauf genau: sie erschrak so sehr, daß der Schreck einen Moment ihre Liebe lähmte. Dieser Moment entschied über ihr und sein Leben: Sie mochte es wohl später bereut haben." — So Mariam Tenger im Jahr 1888!

1888 weiß die Erzählerin es ganz genau, daß ein Wutausbruch Beethovens über seinen Neffen in Martonvásár die Katastrophe herbeigeführt habe. Und in ihrer ausführlichen Schrift über diese Dinge — 1890 — steht davon nichts mehr. Jetzt hat die Gräfin Therese über die Ursachen der Katastrophe „tiefes Schweigen" beobachtet. Nun soll Beethovens Dringen auf endliche Eheschließung zum jähen Bruche geführt haben.

An diesem Widerspruche der Verfasserin werde ich wohl selbst die Schuld tragen. Das verhält sich so.

Im Frühjahre 1889 wurde mir im Salon einer kunstsinnigen Dilettantin mitgeteilt, daß Mariam Tenger mir viel interessante Dinge über das Verhältnis Beethovens zur Gräfin von Brunswick erzählen könnte.

Das Weitere ward schnell vermittelt, und so pilgerte ich denn am Ostersonntage, den 21. April 1889, wohlgemut zu Mariam Tenger nach der Schöneberger Straße hin. Ich erfuhr dort aus dem Munde der Erzählerin fast all die Dinge, wie sie im wesentlichen in jenem Artikel des „Deutschen Adelsblattes" enthalten sind. Zuerst war mir die Sache zu neu, als daß ich das Pro und Contra vollkommen übersehen konnte. Ich erbat mir das, was Mariam Tenger darüber veröffentlicht hatte, und erhielt die Schriften auch sehr bald nach meinem Besuche.

In meinem Schreiben, welches die Zurücksendung der Schriften begleitete, betonte ich in meiner Skepsis besonders, daß die Neffengeschichte doch ein Ding der Unmöglichkeit sei. Denn 1810 — als der Bruch geschehen sein soll — war dieser Knabe Karl etwa drei Jahre alt und lebte immer noch bei seinen Eltern. Beethovens Bruder starb erst 1815, und von da ab begann erst die Vormundschaft des Meisters über seinen Neffen Karl. Und nun soll nach dem Artikel im „Deutschen Adelsblatt" Beethoven in Martonvásár — wie kommt der kleine dreijährige Karl dahin? — einen Wutausbruch gegen dieses Kindchen losgelassen haben, den seine „Braut" Therese v. Brunswick mit ansehen mußte. — Diese Dinge habe ich Mariam Tenger mitgeteilt. Und so wird es denn gekommen sein, daß wir mit diesem Ammenmärchen in ihrer neuesten Publikation verschont geblieben sind. Aber wir wissen doch nun genau, was wir von „der Sicherheit des Gedächtnisses" unserer Erzählerin zu halten haben.

Die Chronologie scheint überhaupt der allerwundeste Punkt im Sinciput Mariam Tengers zu sein. Sie berichtet, daß ihre mütterliche Freundin sie beauftragt habe, jährlich am Sterbetage Beethovens einen „Immortellenkranz" auf dessen Grab im Währinger Friedhofe zu Wien niederzulegen. Überall nun — 1888 wie 1890 — ists zu lesen, daß dieses immer am 27. März geschah. Mariam Tenger weiß also nicht einmal, daß der 26. März der Sterbetag Beethovens ist. Und so legte sie, wer weiß wie viele Jahre, stets am 27. März einen Immortellenkranz auf des Meisters Grab. Hoffentlich wird Mariam Tenger jetzt dafür sorgen, das dieses am 26. März geschieht.

Am Grabe Beethovens trifft Mariam Tenger auch mit dem unvermeidlichen Baron Spaun zusammen. Auch dieser hatte — als Mariam Tenger das erste Mal erschien — eine „Blumenspende gebracht". (a. a. O. p. 32).

In folgendem versuchen wir nunmehr, den Ariadnefaden in diesem wunderlichen Geisteslabyrinthe zu entrollen.

Wenn nun auch die Beethovenlitteratur schlechterdings nichts von einem Baron Spaun weiß, so ist dieser doch in der Schubert=Litteratur eine wohlbekannte, verdienstvolle Persönlichkeit. Wer Schubertbiographieen kennen lernt, besonders wer in derjenigen

von Dr. Heinrich von Kreißle-Hellborn liest, dem wird
der Name des Freiherrn Josef von Spaun fast auf
jeder Seite begegnen. Dieser Freiherr gehörte zu
den ältesten und intimsten Freunden Franz Schuberts.
Sie duzten sich. Mit Schwind, Mayrhofer, Scho-
ber u. a. bildete Spaun allerdings eine „Rotte", die
sich jedoch nicht um Beethoven, sondern um Franz
Schubert schaarte.

Nun kann Spaun freilich diesen seinen Intimus
Franz Schubert sehr wohl vor dem Bildnisse einer
Gräfin betroffen haben, nur war es dann keine
Gräfin von Brunswick, sondern eine Gräfin von
Esterhazy. Schubert war längere Zeit Musiklehrer
im Hause des Grafen Johann Esterhazy, im Winter
in der Stadt, im Sommer auf des Grafen Land-
gute Zeléßz. Schubert hatte die drei Kinder des
Hauses, Marie, Karoline und Albert zu unterrichten.
Späterhin entwickelte sich in Schubert eine leiden-
schaftliche, aber stillverborgene Liebesflamme zur Komtesse Karoline. Schuberts Neigung ward seiner geliebten Schülerin doch einmal offenbar. Als sie ihm
nämlich — wie Kreißle erzählt — einmal im Scherz
vorwarf, daß er ihr noch gar kein Musikstück gewidmet
habe, erwiderte er: „Wozu denn, Ihnen ist ja ohnehin
Alles gewidmet." An diese Worte wurde ich lebhaft
erinnert, als ich bei Mariam Tenger lesen mußte,
ihre „mütterliche Freundin" habe von Beethovens Kompositionen 1806—1810 behauptet, „daß sie im Stillen
alle ihr gewidmet waren." So wird das Dunkel

immer lichter. Die Spaunschen Mitteilungen beziehen
sich nicht auf Beethoven, sondern auf Schubert, haben
auch nichts mit einer Gräfin von Brunswick, sondern
vielmehr mit einer Komtesse von Esterhazy zu thun.

Als drittes Moment komme ich noch hinzu, daß sich
merkwürdigerweise auf dem Währinger Friedhofe die
Gräber Beethovens und Schuberts in traulicher Nach-
barschaft befanden*. Da kann ja Spaun, der ruhm-
volle Freund Schuberts, mit einer Blumenspende das
Grab seines Freundes bedacht haben, just als etwa
Mariam Tenger das benachbarte Beethovengrab mit
einem Immortellenkranz zieren wollte. Da mögen
denn diese Choëphoren zusammengetroffen sein, nur
daß ihre Weihe nicht einem und demselben Genius ge-
golten hat.

So mag möglicherweise diese Verwirrung zu erklären sein, die sich nach und nach im Kopfe Mariam
Tengers eingestellt hat.

Zur Frage nach der „Unsterblichen Geliebten" Beethovens aber vorläufig nur diese paar Worte.

In den Zusätzen zum 3. Bande seiner Beethoven-

---

* Nach Dr. Kreisle von Hellborns Mitteilung trennten
nur drei Gräber Schuberts Gruft von derjenigen „seines er-
habenen Vorbildes" Schuberts Leben p. 459. Etwas anders
lautet der Bericht bei Dr. Gerhard von Breuning Aus dem
Schwarzspanierhause, p. 122 darüber, nämlich: „Und nur fünf
Gräber seitwärts, oberhalb seinem großen Vorbilde, hatte auch er
Schubert die in seinen Fieberphantasien ‚zunächst Beethoven' ge-
wünschte Ruhestätte erhalten."

biographie giebt Thayer III. S. 515) die aufrichtige
Mitteilung, daß ihm ein zuverlässiger Freund geschrieben
habe: „Graf Géza, der Sohn von Beethovens Freund
Brunswick, sei damals 1865 der entschiedenen Meinung
gewesen, der Liebesbrief sei nicht an seine Tante Gräfin
Therese, sondern höchst wahrscheinlich an die Guicciardi
gerichtet gewesen."

Auch Nohl kann in seiner kleinen Beethovenskizze
in Reklams Universalbibliothek Nr. 1181) eine Bestä-
tigung nach dieser Seite hin vortragen. Er sagt zu
Ende der dort erörterten Beziehungen zwischen Beethoven
und Gräfin Therese von Brunswick: (p. 65) „Allein
ihre noch lebende Nichte, die Stiftsdame Gräfin Maria
Brunswick, schreibt ausdrücklich: Niemals habe ich von
intimeren Beziehungen noch einer Leidenschaft zwischen
ihnen gehört, während die tiefe Liebe zu meines Vaters
Kousine Gräfin Guicciardi oftmals besprochen worden war!"

Und als Dritter im Bunde kann ich aus meiner
eigenen Erfahrung eine weitere Bekräftigung zu dieser
Auffassung geben. Ein Freund von mir, Freiherr von
Heß-Diller, ist mit der Enkelin der viel besungenen
Giulietta Guicciardi-Gallenberg seit einigen Jahren
verheiratet. Vor wenigen Jahren hatte ich das Vergnügen, Gräfin Giulietta Guicciardis Enkelin mit
ihrem Gatten bei mir begrüßen zu dürfen. Natürlich
bildete auch der Liebesbrief an die „unsterbliche Geliebte" ein Gesprächsthema. Beide, sowohl Heß-Diller,
als auch seine junge Gattin, waren wie aus den

Wolken gefallen, als ich ihnen nach Thayer die Nova
über Beethovens Beziehungen zur Gräfin Therese von
Brunswick mitteilte. Ihnen war nichts davon be-
kannt; und doch sind sie beide Verwandte des Brunswickschen Hauses und stehen in stetem Verkehr mit
demselben.

Der Stand der Dinge bleibt also durchaus der
alte. Im 4. Abschnitte dieser Schrift werden die End-
ergebnisse vorgetragen werden.

Beethovens „Liebesbrief.“

Nach und gegen A. W. Thayer 1872.

I.

Im Herbst 1871 ging mir der II. Band von
Alexander Wheelock Thayers „Ludwig van Beet-
hovens Leben" 1872 von der Redaktion der „Neuen
Berliner Musikzeitung" zu. Meine eingehende kritische
Abhandlung über dieses von mir sehr gepriesene Buch
erschien in jener Zeitung in den Nummern 42—44
(18. Oktober, 25. Oktober und 1. November) des
Jahres 1871. Der Abschnitt über das „Verhältnis
Beethovens zu der jungen Gräfin Julia Guicciardi"
(Thayer II, p. 166—180) war ebenso überraschend
als befremdend.

Ich schrieb damals Nr. vom 25. Oktober 1871
folgendes darüber:

Hier unterzieht sich Thayer der Beweisführung,
daß jene drei vielgelesenen, hoch und heilig bewunderten,
oft citierten Guicciardischen Briefe, jene kostbaren
Denkmale eines liebeglühenden Herzens, gar nicht an
die Gräfin Guicciardi gerichtet seien p. 166 ff.
Der aufmerksame Leser wird wahrlich, nachdem er von
dieser eigentümlichen Dilucidation Kenntnis genommen,
mit mir die Frage in petto haben, an wen denn diese
Briefe eigentlich gerichtet seien. Da nämlich auch

Thayer zugeben muß, daß jene Schriftstücke wirklich
von Beethoven stammen, so sucht man unwillkürlich am
Schlusse dieses inhaltreichen Kapitels nach irgend einem
Surrogate für die aus jenem Liebestempel so unbarm=
herzig ausgemerzte Gräfin Guicciardi.

Hierbei ziehen wiederum blendende sekundäre
Merkmale unsern Biographen vom Primarwesen der
Sache ab. Des Pudels Kern liegt offenbar darin, daß
jener briefliche Liebesstrom ein Ausfluß der Beethoven=
schen Seele ist. Ob nun der Gegenstand dieser ero=
tischen Apostrophe Julia Guicciardi oder anders heißt:
das ist wahrlich von nebensächlicher Bedeutung.

Überdies ist trotz des höchst erstaunenswerten und
oft rührenden Scharfsinnes diese Argumentation des
Verfassers für mich nicht von überzeugender Kraft.

Derselbe räumt ein, daß diese Julia wirklich das
„zauberische Mädchen" ist, welches der Meister in
einem Briefe an Wegeler erwähnt. Alle — mit einer
Ausnahme — stimmen darin überein, daß Beet=
hoven „von der Liebe meistens im hohen Grade er=
griffen war". Und daß die Leidenschaft für diese
Gräfin sehr tiefe Wurzeln gefaßt haben mußte, das be=
weist am einleuchtendsten das unaufhörliche Interesse,
welches der Meister bis in die späteste Zeit hinein für
sie und ihren ihm feindselig gesinnten Gatten kund gab.
Die hierauf bezüglichen Bemerkungen Beethovens*):

* In Beethovens Konversationsheften, die sich in der
königl. Bibliothek zu Berlin befinden, Heft vom Februar 1823

„Il (Gallenberg) étoit toujours mon ennemi. c'étoit justement la raison. que je fusse tout le bien que possible" und „(arrivée à Vienne) elle cherchoit moi pleureant, mais je la méprisois" — sind höchst bezeichnend. So sehr auch Großherzigkeit eine Tugend Beethovens war, so ist doch ein wesentlicher Teil dieser Mildthätigkeit auf Kosten seiner ehemaligen Liebe zu stellen.

Das Datum der Briefe giebt trotz des Postscriptums*) kein siegreiches Moment an die Hand, wenn man an Beethovens auffallende Zerstreutheit denkt. — Selbst wenn, wie Thayer weiter untersucht, das Jahr 1800 als das entscheidende anzusehen ist, so liegt doch gar nichts Befremdendes, Ungereimtes darin, daß ein Mädchen im 16. Jahre „im stande war, in so enge Beziehungen, wie die Sprache jener Briefe notwendiger-weise voraussetzt, mit einem Manne zu treten, der doppelt so alt war, wie sie." Ich kann nun absolut nichts Verfängliches dahinter finden. Das Jahr 1800 wird also nicht so „mit Bestimmtheit auszuscheiden sein," wie der Autor behauptet. Auch kann die Dauer einer Liebe keinen Messungsgrad für die Tiefe des Unglücks abgeben. Der Genius, von Ideenmacht er-füllt, kann nicht leicht der Liebestrübsal ganz unter-liegen: allein kraft seines Genies fühlt und empfindet

---

Sign. D. 10, 62 Blatt auf Blatt 45b und 47a. Die oben von mir eingeklammerten Worte „arrivée à Vienne" sind von A. Schindlers Hand geschrieben.

*) Das ist das 2. Stück des ganzen „Liebesbriefes."

er die Gegenwart des Unheils unvergleichlich tiefer als die andern Menschenwesen, weil sein Sein ja ganz Gefühl und Empfindung ist.

Demnach kann ich die Trostesworte des Verfassers a. a. O. p. 180: „Alle also, welche mit Thränen der Sympathie diese Werthers Leiden, von dieser Lotte verursacht, gelesen haben, mögen ihre Thränen trocknen. Sie können sich mit der Versicherung beruhigen, daß die Katastrophe keineswegs so unglücklich war, wie sie dargestellt wird" — ich kann sie mit nichten unterschreiben. —

II.

Im Frühjahre 1872 erschien in der Wiener „Neuen Freien Presse" ein Aufsatz unter dem Titel: „Der Liebesbrief Beethovens (Aus dem Anhange des dritten Bandes von Thayers ‚Leben Beethovens'). Da der Gegenstand als solcher wichtig genug erschien und darin auch meiner Beisprechung des Thayerschen 2. Bandes Erwähnung geschah, veranlaßte mich die Redaktion der „Neuen Berliner Musikzeitung," kritische Anmerkungen zu dieser Abhandlung zu schreiben. So erschien denn jener Thayersche Artikel mit meinen Anmerkungen in der „Neuen Berliner Musikzeitung" Nr. 25—27 (19. Juni, 26. Juni und 3. Juli) des Jahres 1872 mit dem Haupttitel: Der Liebesbrief Beethovens.

Die wichtigsten Punkte daraus sollen hier nunmehr wiederum vorgetragen werden.

In jenem Artifel — der wahrſcheinlich von Thayers Überſetzer H. Deiters redigiert iſt — heißt es: „So kann ſich zum Beiſpiel die im übrigen ein= gehende und wohlwollende Beurteilung des zweiten Bandes in der Neuen Berliner Muſifzeitung aus der Feder Dr. A. Kaliſchers in einige der von Thayer ge= gebenen Mitteilungen und ſpeziell in die oben ange= gebene nicht finden, ohne daß beſtimmte Gegengründe angegeben werden.“

Dazu machte ich folgende Bemerkungen, die ich auch heutzutage noch aufrecht halte:

Meine damalige* Argumentation in ihrer ifizzen= artigen Form war hauptſächlich aus dem Erſtaunen darüber hervorgegangen, daß jener verehrungswür= dige Beethoven=Biograph nach ſeiner äußerſt ſcharf= ſinnigen Kritif in dieſer Streitfrage zu dieſer be= ſchwichtigenden Bemerkung für die Leſer gelangt: „Sie können ſich mit der Verſicherung beruhigen, daß die Kataſtrophe keineswegs ſo unglücklich war, wie ſie dargeſtellt ward. Die Angelegenheit bildete nur eine Epiſode, ſie war nicht die große Tragödie von Beet= hovens Leben.“ Thayers Beethoven II. p. 180. Mir ſchien es für den vormaligen Zweck genügend zu fonſtatieren, daß ein Geiſt zur Zeit, wo er einen der= artig leidenſchaftlichen Liebesbrief verfaßt, der voll von den geheimen Thränen des Liebesleides iſt; in deſſen Seele kaum ein anderes Gefühl außer der Liebe zu

---

* D. i. Oktober 1871.

walten scheint: daß eben dieser Geist sich um diese Zeit
unsäglich elend, düster, gramvoll fühlen muß. Auch
Thayer bemerkt hierüber unter anderem sehr schön:
„Dieser Brief ist voll von Ausdrücken glühender Liebe,
wie sie selbst in Romanen selten erreicht werden; er
ist gleichsam eine Übersetzung der rührendsten und
zartesten Stellen von Beethovens gefühlvollen Kom=
positionen in Worte." (Thayer II, p. 177).

Es geht unleugbar aus dieser erotischen Epistel
hervor, daß das sich darin abspiegelnde Liebesdrama
von schauerlicher Seelentiefe umflutet war. Ferner
brachte ich dazumal Momente vor, aus denen klar
genug hervorleuchten mußte, daß Beethovens Liebe zur
Gräfin Guicciardi nicht zu den oberflächlichen Neigungen
des Herzens gerechnet werden darf. Dagegen spricht
die unverbrüchliche Teilnahme, welche ihr der Meister
bis in die späteste Zeit seines Lebens hinein bewies.

Zur Entscheidung dieses Streitpunktes scheint mir
überhaupt das intuitive Verfahren das einzig richtige
zu sein, weil dieses Objekt von überwiegend psycho=
logischem Interesse ist. Freilich hat Thayers strenge
chronologische Methode schon die überraschendsten Re=
sultate erzielt: allein die Basis, auf der dieselbe in
dieser Angelegenheit beruht, ist eine höchst schwankende,
weil der in irdischen Dingen sehr zerstreute Beethoven
das wesentlichste Fundament dazu hergiebt*). Und

---

* Es sei übrigens hier noch darauf hingewiesen, daß Thayer
auf Grund seiner Methode sich im 2. Bande seines Werkes für
das Jahr 1807 entschied, in dem dieser Liebesbrief geschrieben

vom Standpunkte der reinen Intuition will ich hierbei noch mancherlei vorbringen, trotzdem die Privat-
korrespondenz, in welcher ich seit einiger Zeit mit
diesem ehrwürdigen Biographen stehe, noch neue Momente zu Gunsten der Thayerschen These enthält.
Ich unternehme es um so eifriger, als mich Thayer
selbst mit diesen Worten anspornt: „I pray you not
to hesitate to express your real opinions upon any
parts which do not meet your approval. So only
can we at length reach and determine the truth.
I only desire to know the real facts, and am
willing at any time to *be proved* in the wrong,
when I have fallen into error. *To be accused* of
error without proof is another matter."

Wie sich im weiterem zeigen wird, sind es lediglich
innere Gründe, die mich zwingen, in diesem Punkte
die rein chronologische Methode nicht gelten zu lassen. —

Der erwähnte Thayersche Aufsatz giebt dann wieder
den ganzen „Liebesbrief" zur Kenntnisnahme. Zu
einem Ausspruche im dritten Teile desselben: „Leben
kann ich entweder nur ganz mit Dir oder gar nicht,
ja ich habe beschlossen, in der Ferne so lange herumzuirren, bis ich in Deine Arme fliegen kann und mich
ganz heimathlich bei Dir nennen kann, meine Seele
von Dir umgeben ins Reich der Geister schicken kann"

---

sein soll, — während er im III. Bande, dennoch einen Irrtum
in Beethovens Datierung annehmend, das Jahr 1806 dafür hin-
stellt.

machte ich dort (26. Juni 1872) folgende für mich
noch gegenwärtig maßgebende Bemerkungen:

Vornehmlich ist es diese Stelle der Epistel, welche
mit fast unerbittlicher Notwendigkeit den mit Beet=
hovens Geniewesen Vertrauten zurückschrecken muß, diese
nichts neben sich duldende Liebesperiode in eine so
späte Zeit, wie 1806 oder gar 1807 zu setzen. Beet=
hoven war eine heroisch stolze Natur, über welche
namentlich sentimentalische Werther=Ideen nicht allzu=
viel vermochten. Allein ein Ausspruch wie dieser:
„Leben kann ich entweder nur ganz mit Dir oder gar
nicht" — ist der jäheste Ausdruck des Werther=Paroxys=
mus. Ein gestählter, eherner Künstlergeist, wie Beet=
hoven kann aber im 36.—37. Lebensjahre wohl kaum
noch so in den Banden der Wertherei liegen, daß ihm
das ganze Dasein schier unerträglich vorkommt, wenn
ein feindselig Geschick zwischen ihn und den Gegenstand
seiner Liebe eine unüberwindliche Scheidewand hinsetzt.
Das spräche gegen das Wesen aller Geniephänomene
und ganz insbesondere gegen dasjenige dieses Meisters.
Im 36.—37. Jahre hatte derselbe seine göttliche Ge=
liebte, die wirklich unsterbliche Kunst, so inbrünstig in
seine Arme geschlossen, hatte von ihr bereits so un=
endlich schöne Freuden empfangen, daß er an den Besitz
eines irdischen Weibes jetzt wohl nicht mehr seinen ge=
samten Willen zum Leben hängen konnte. Im 31.
bis 32. Lebensjahre haben indessen derartige Gedanken
für einen Künstlergeist nichts Befremdliches.

Kann ein Kunstgenie, das bereits Werke wie die

Sinfonia eroica. die Fidelio=Oper, die Sonaten in D-moll und F-moll (op. 57), die Klavierkonzerte in C-moll und G-dur, die Cuatuors op. 59, die Symphonie in B-dur vollendet hat, der die Symphonieen in C-moll und F-dur (Pastorale) skizziert — kann ein Geist auf dieser Höhe des Schaffens auch nur glauben, daß er sein Leben ohne das Wesen seiner Liebe nicht ertragen könnte?

Diese Anschauung widerstreitet keineswegs der allbekannten Wahrheit, daß die geniale Künstlernatur in weit höherem Grade für die Liebe empfänglich ist, als andere Individuen. Aber die Geschichte des Kunst= genius weiß noch von keiner großartigen Genieerschein= ung zu erzählen, die den Liebesqualen wirklich unter= legen wäre. Vielmehr begeistert sie die unglücklichste Liebe zu den schönsten Erzeugnissen ihres Geistes.

Ist nun ein Künstler erst zum Vollbewußtsein seiner Geniekraft gelangt, dann ist er so durchgeistert, so voll von heiliger Geistesempfängnis, daß Selbst= mordgedanken aus dem Motive der Liebespein über= haupt nicht mehr in ihm auftauchen können. Der Liebeswahnsinn in seiner zerstörenden Gewalt ist dann überwunden, obgleich dem schöpferischen Geiste bis ins späteste Greisenalter noch die Fähigkeit zu lieben inne= bleibt. Der alternde Goethe hat ein Recht zu singen:

Wer nicht mehr liebt und nicht mehr irrt,
Der lasse sich begraben.

Denn als 74jähriger Greis (1823) wird er in Marienbad noch von einer leidenschaftlichen Liebe zu dem jungen Fräulein von Lewezow erfaßt.

Etwas anderes also ist Liebe und etwas anderes der Glaube, ohne die Vereinigung mit der Geliebten nicht existieren zu können. Hier bei Beethoven kommt überdies noch in Betracht, daß er bis zum Jahre 1806 in der Entsagung schon recht bewundernswerte Fort= schritte gemacht hatte.

In psychologischer Beziehung müßte es, wenn man das Jahr 1806 hiefür festhielte, noch proble= matischer erscheinen, daß Beethoven in eben diesem Sommer, in welchem er so einschneidend vom Liebes= weh getroffen sein soll, die begonnene tragische C-moll-Symphonie bei Seite legt, um eine seiner heitersten, anmutreichsten Schöpfungen, die B-dur-Symphonie gänzlich auszuführen.

So heißt es auch in Thayers Biographie über das Jahr 1806 (II., p. 324): „Die Symphonie in B war die Hauptarbeit des Sommers. Wie aus den Skizzen hervorgeht, war ihre Nachfolgerin, die fünfte in C-moll, bereits angefangen und wurde bei Seite gelegt, um jener Platz zu machen."

Sieht man sich überhaupt unter den Werken ge= rade dieses äußerst produktiven Jahres um, so findet man, daß das heitere Element in ihnen das leidenvolle, weltschmerzliche weit überragt. Man befrage das in diesem Jahre komponierte Tripelkonzert op. 56, das Klavierkonzert in G, das Violinkonzert in D, die Quartette in F und C (op. 59). — Wenn man all diese Momente zusammenhält, so fällt es wahrlich sehr schwer, jenen Liebesbrief, der in einen bodenlosen Abgrund der

Seelentrauer blicken läßt, in das Jahr 1806 zu ver-
legen.

III.

Dem Abdrucke des „Liebesbriefes" läßt Thayer
dann die Sätze folgen: „Liest man dieses Dokument
in Verbindung mit den Thatsachen und Briefen, welche
im zweiten Bande der Biographie aus den Jahren
1800—1802 mitgeteilt werden, so tritt mit völliger
innerer Klarheit und Gewißheit das Resultat entgegen,
daß dasselbe in jene drei Jahre nicht gehören kann.
Selbst wenn man auf den allgemeinen Charakter kein
Gewicht legen will, so finden sich zwei Sätze darin,
welche in jener glänzenden Periode von Beethovens
Leben nicht geschrieben sein können und deshalb schon
für sich allein entscheidend sind, nämlich erstens der
Satz: ‚Mein Leben in Wien*, so wie jetzt, ist ein
kümmerliches Leben'; und ebenso die Worte: ‚In meinen
Jahren jetzt bedürfte ich einiger Einförmigkeit, Gleichheit des Lebens'."

Dazu schrieb ich folgende Bemerkungen, die für
mich auch noch heute maßgebend sind:

Dieses Argument gegen die Zeit von 1800 bis
1802 scheint mir nicht glücklich gewählt zu sein. Vielmehr läßt es sich erweisen, daß die Jahre 1801 bis
1802 nur zu den scheinbar glänzenden in des Meisters

---

*) Der Liebesbrief selbst hat hier nach der Mitteilung der
Biographen nur ein W., was dieselben als Abbreviatur für Wien
ansehen. Darüber wird das 4. Stück hier noch neues vorführen.

Leben zu zählen sind. Ich getraue mir auch, den
Nachweis zu führen, daß die vom Autor citierten
Sätze: „Mein Leben in Wien so wie jetzt ist ein kümmerliches Leben" und „In meinen Jahren jetzt bedürfte
ich einiger Einförmigkeit, Gleichheit des Lebens" —
ganz zuversichtlich im Jahre 1802 geschrieben sein
können.

In kurzen Strichen sei dieses Bild gezeichnet.

Um diese Zeit gestalteten sich Beethovens äußere
Verhältnisse sehr angenehm, standen aber 1806 durchaus nicht schlechter, vielmehr besser. Aber auch schon
in jener Zeit, 1800—1802, hatte sein künsterischer
Ruhm nach kurzer Schaffenszeit bereits eine hohe
Stufe erreicht. Immer kräftiger fühlte er sich zu
seinem stolzen Adlerfluge angespornt. All dieses konnte
ihn die bitteren Enttäuschungen, die ihm befreundete
Seelen aufbürdeten, wohl leicht genug verschmerzen
lassen. Eben will sich sein Geist mit Macht anschicken,
neue Herrlichkeiten aus dem unendlichen Kunstquell zu
schöpfen.

Da gerade schleicht gespensterhaft bleich der Dämon
der Taubheit in sein musikalisches Dasein. Das Heran-
nahen einer Gefahr, welche sein gesamtes Schöpfer-
leben problematisch oder unmöglich zu machen droht,
muß seine starke Seele wahrhaft erschüttert haben.
Jetzt gerade — in den Keimen — tritt das schwerste
Ungemach, das ein Musikerherz befallen kann, mit der
eisernsten Schreckensgewalt auf. Nennt man ein Miß-
geschick erst jahrelang sein Eigentum, dann wird es

immer mehr zur bittersüßen Gewohnheit. Aber furcht=
bar ist ein entsetzenbergendes Loos im ersten Ausbruch.

Man bedenke auch, daß das Wesen fast aller
philosophischen, dichterischen und künstlerischen Geister
von einer höheren Trauer umflort ist: denn ihr Sinn
schweift zumeist in idealen Welten und empfindet den
Fall aus der Ideenreinheit in die reale Nichtigkeit
schmerzvoll genug. Daher ist die Melancholie eine
vornehmliche Eigenschaft solcher Geschöpfe.

Beethovens melancholische Natur offenbart sich
schon in frühem Alter. Das beweisen seine eigenen
Worte an den Advokaten Dr. von Schaden in Augs=
burg, den er bei Gelegenheit seiner ersten Reise nach
Wien im Jahre 1787 kennen gelernt hatte. Der kaum
17 jährige Musiker schreibt ihm da aus Bonn: „So lange
ich hier bin, habe ich noch wenige vergnügte Stunden
genossen, die ganze Zeit bin ich mit der Engbrüstigkeit
behaftet gewesen, und ich muß fürchten, daß gar eine
schwindsucht daraus entsteht: dazu kommt noch me=
lankolie, welche für mich ein fast eben so großes
übel als meine Krankheit selbst ist."

Das erste Bewußtsein seiner Taubheit muß daher
auf sein melancholisches Gemüt tief erschütternd ein=
gewirkt haben. Danach wird man des Meisters
Äußerungen an seine Freunde aus der Zeit von 1801
bis 1802 keineswegs für übertrieben halten dürfen.
Sie entsprechen ganz der Natur der Sache und seines
Charakters.

Ich lasse einige Klageausrufe an seine Freunde

Amenda und Wegeler hier folgen. Zuerst mancherlei aus dem schönen Briefe an Carl Amenda zu Wirben in Curland vom 1. Juni 1801: „Du bist kein Wiener Freund, nein Du bist von denen, wie sie mein vaterländischer Boden hervorzubringen pflegt, wie oft wünsche ich Dich bei mir, denn Dein B. lebt sehr unglücklich im Streit mit Natur und Schöpfer, schon mehrmals fluchte ich letzterem, daß er seine Geschöpfe dem kleinsten Zufalle ausgesetzt, so daß oft die schönste Blüte dadurch zernichtet und geknickt wird; wisse, daß mir der edelste Theil, mein Gehör, sehr abgenommen hat." — „Wie traurig ich nun leben muß, alles was mir lieb und theuer ist, meiden, und dann unter so elenden, egoistischen Menschen" — — „O wie glücklich wäre ich jetzt, wenn ich mein vollkommenes Gehör hätte" — — „Traurige Resignation, zu der ich meine Zuflucht nehmen muß, ich habe mir freilich vorgenommen, mich über alles das hinauszusetzen, aber wie wird es möglich sein?"

Nachdem Beethoven unterm 29. Juni desselben Jahres dem Freunde Wegeler frohe Nachrichten über seine äußere Lage mitgeteilt, klagt er also: „Nur hat der neidische Dämon, meine schlimme Gesundheit mir einen schlechten Stein ins Brett geworfen, nämlich: mein Gehör ist seit drei Jahren immer schwächer geworden." — (Folgt eine lange Schilderung seiner Unterleibsleiden): — „Ich kann sagen, ich bringe mein Leben elend zu, seit zwei Jahren fast meide ich alle Gesellschaften, weils mir nicht möglich ist den Leuten

zu sagen: ich bin taub" 2c. 2c. „Ich habe schon oft
mein Dasein verflucht; Plutarch hat mich zu der
Resignation geführt. Ich will, wenns anders möglich
ist, meinem Schicksale trotzen, obschon es Augenblicke
meines Lebens geben wird, wo ich das unglücklichste
Geschöpf Gottes sein werde." ——

Ähnliche Klagen enthält ein Brief vom 16. Nov.
desselben Jahres: „Etwas angenehmer lebe ich jetzt
wieder, indem ich mich mehr unter die Menschen gemacht. Du kannst es kaum glauben, wie öde, wie
traurig ich mein Leben seit zwei Jahren zugebracht,
wie ein Gespenst ist mir mein schwaches Gehör überall
erschienen und ich floh die Menschen, mußte Misan-
throp scheinen und bin's doch so wenig. — Diese Ver-
änderung hat ein liebes, zauberisches Mädchen hervor-
gebracht, das mich liebt, und das ich liebe." — —
„ohne dieses Übel! O die Welt wollte ich umspannen von
diesem frei! Meine Jugend, ja ich fühle es, sie fängt
erst an, war ich nicht immer ein siecher Mensch?" ———

Man wird nach all diesen Proben eingestehen
müssen, daß trotz des äußerlichen Wohlbehagens der
innere Beethoven dieser Zeit eine schmerzensreiche Erscheinung gewesen sein muß. Nun will ihn die Liebe
zu Giulietta Guicciardi über all sein Ungemach hinweg-
tragen. — In Bezug auf die Dauer dieser Liebe be-
hagt mir diese Privatmitteilung des geehrten Biographen: „As I am now informed, I judge that
Beethoven may have had this passion for her for
one or (possibly) two years."

Es läßt sich mit ziemlicher Gewißheit annehmen, daß diese Liebe im Jahre 1802 ihr trauriges Ende erreichen mußte. Hält man nun des Meisters anwachsendes Gehörübel mit diesem unglücklichen Liebesausgang zusammen, so wird man wahrlich nicht mehr zweifeln dürfen, daß das Jahr 1802 sich höchst verzweiflungsvoll für ihn gestaltete. Denn jetzt schien er alles Lebenshaltes verlustig zu gehen.

Und so gewann im Herbste dieses Jahres die allertiefste, gramvollste Melancholie die Übergewalt über sein ganzes Sein und Trachten. Es ballten sich alle Atome der endlosesten Verzweiflung krampfhaft in ihm zusammen, daß er zu jenem hochtragischen Schriftstücke getrieben ward, welches er im Oktober dieses Jahres 1802 in Heiligenstadt verfaßte. Es bedarf nur des Hinweises auf dieses wunderherrliche Heiligenstädter Testament, welches jeder Verehrer des Meisters in tiefster Rührung gelesen haben wird.

Ist es mir hiermit gelungen, Beethovens Leidenszeit von 1800—1802 deutlich zu zeichnen, so ist damit der evidente Beweis gegeben, daß die oben citierten Stellen des großen Liebesbriefes kaum für eine Zeit besser passen können, als für diese. Der Inhalt jenes Briefes kann also sehr wohl dem Jahre 1802 angehören, für welches ich mich entscheiden möchte, weil — wie gesagt — die chronologische Methode hierbei nicht den Ausschlag geben darf.

Die völlige Resignation, die aus dem Heiligenstädter Promemoria spricht, läßt um so mehr auf eine gewaltige Einwirkung der Liebeskatastrophe aus der Sommerzeit dieses Jahres schließen, als von keiner ernsten physischen Krankheit in diesem Jahre die Rede sein kann. Taubheit und der Verlust der Geliebten sind als die einzig lastenden Alpe anzuziehen. Und so könnte jener Liebesbrief seinem ganzen Charakter nach recht wohl im Sommer 1802 geschrieben sein. Beethovens Gedankenlosigkeit in äußerlichen Dingen läßt der Abänderung des Datums ja einen weiten Spielraum übrig. —

Man unterschätze übrigens auch nicht das Moment, daß Thayer selbst schließlich in Beethovens Datierung einen Irrtum „von einem Tage" annehmen muß. Montag den 6. Juli würde nur für das Jahr 1807 gut passen: da dieses jedoch nach Thayer auszuschließen ist, muß — im Widerspruche zu seiner Behauptung im II. Bande — Beethoven sich dennoch an ein und demselben Tage zweimal geirrt haben und statt des wirklichen 7. Juli irrtümlich den 6. Juli geschrieben haben. Auf diese überkünstliche Weise allein war das Jahr 1806 zu retten. Damit ist ja aber der Welt des Irrtums ein vollkommener Freibrief ausgestellt. So wäre beispielsweise Juni statt Juli ein oft vorkommender und darum annehmbarer Irrtum.

Drittes Stück:

Beethovens „unsterbliche Geliebte“.

Nach und gegen A. W. Thayer, 1879.

Auch dem III. Bande der A. W. Thayerichen Beethovenbiographie widmete ich eine eingehende kritische Anzeige*. Mit diesem III. Bande trat die Guicciardi-Angelegenheit in eine ganz neue Phase, indem unser Autor zum erstenmale auseinanderzusetzen sucht, an wen denn nur in Wirklichkeit jener Liebesbrief geschrieben ist.

Therese von Brunswick soll darnach der wahrhafte Gegenstand dieser leidenschaftlichen Liebe sein, um die sich auch Beethovens Heiratsprojekt im Jahre 1810 bewegte. — Ich lasse nun das Wichtigste aus meiner damals verfaßten darauf bezüglichen Entgegnung folgen, weil ich es noch jetzt ebenso ansehe.

Ebenso wie mich innere Gründe veranlaßten, die Zeit der Abfassung jenes Liebesbriefes weit eher den Jahren 1801 oder 1802 als dem Jahre 1806 zuzutrauen: ebenso muß ich aus inneren Gründen das Objekt dieses Liebesbriefes vom Objekte des weit

---

* Siehe in der musikpädagogischen Zeitschrift „Der Klavierlehrer" Nr. 3, 4, 5, 7 und 8 des Jahres 1879 meinen Artikel: Über Alexander Wheelock Thayers Beethovenbiographie III. Band.

späteren Beethoven'schen Heiratsplanes 1810) durchaus trennen.

Freilich waren zu ein und derselben Zeit sowohl Giulietta Guicciardi als auch ihre Cousine Therese von Brunswick hohe Verehrerinnen der Beethoven'schen Tonmuse; aber Beethoven, der sich am allerdeutlichsten und vernehmlichsten auch seinen Verehrern gegenüber durch die Macht seiner Musik offenbarte, in dieser Weise allein das Innerste seines Herzens reden ließ, — dieser gerade hat es hier unwiderleglich ausgedrückt, daß ihm für Giulietta Guicciardi eine ganz andere, wirklich liebesleidenschaftliche Tonsprache wie spielend zu Gebote stand, als es bei der anderen hier als Rivalin in Betracht kommenden Dame der Fall war.

Hierbei fällt es wieder auf, daß Thayer in seiner Argumentation das spezifisch musikalische Moment ganz außer Acht läßt — daher so manche unliebsame Fehlschlüsse bei ihm. —

Weshalb hat sich denn ganz besonders die allgemeine Stimme der musikliebenden Welt dafür ausgesprochen, daß die Gräfin Guicciardi in Wahrheit der Gegenstand der leidenschaftlichsten Liebe Beethovens war? — Weil der Welt die unsterbliche Phantasie-Sonate in Cis-moll (op. 27), dieses einzige in sich abgeschlossene vollendete Liebesgedicht oder Leidensdrama der richtige Wegweiser zur Wahrheit war.

Diese unsterbliche Sonate ist der Gräfin Giulietta Guicciardi gewidmet, ja — ist eigens aus der tiefsten

Seelenqual heraus für dieselbe gedichtet; ein tief-
sinnigeres und zugleich leidenschaftlicheres Liebesdrama
hat selbst Beethoven nicht wieder geschaffen, die poe-
tische Wortsprache in jenem Liebesbriefe erklingt auch
allein wie Übersetzung just jenes Tongemäldes: darum
bleibt auch für alle Zeiten die Gräfin Guicciardi als
die wirkliche „unsterbliche Geliebte" sowohl mit
dem Geiste jenes Liebesbriefes als auch mit dem der
Cis-moll-Sonate für alle Zeiten aufs innigste ver-
bunden. —

Wie sieht es dagegen mit Beethovens Dedikationen
an die Gräfin Therese von Brunswick aus? Hätte sie
in der ganzen Zeit von 1800 bis 1807, — die Zeit,
die in dieser Briefangelegenheit in Frage kommt, —
dem Herzen Beethovens wirklich nahe gestanden, so
würde er ihr um so eher irgend eine für die Welt
bestimmte Komposition gewidmet haben, als sie ja
die Schwester seines teuren Freundes und Dutzbruders,
des Grafen Franz von Brunswick war.

Allein erst im Jahre 1809 widmet Beethoven
dieser Gräfin Therese sein op. 78, die Fis-dur-Sonate,
ein Werk, das weder Spuren der Leidenschaft, noch
überhaupt des Leides in sich birgt: vielmehr gehört
diese zweisätzige Sonate mit Sonatinencharakter zu den
heitersten, spielfreudigsten Tonschöpfungen des Meisters.

Ohne andrerseits direkt in Abrede stellen zu wollen,
daß etwa um die Zeit 1807 bis 1809 ein nicht im ge-
ringsten tiefgehendes zartes Verhältnis zwischen Beethoven und dieser Gräfin bestand, macht mich doch der

Umstand stutzig, daß Schindler gar keine Andeutung
darüber enthält. Wenn auch die Thayerische Annahme
berechtigt sein mag, daß von seiten der gräflichen
Verwandtschaft alles aufgeboten ward, um jenes Ge-
heimnis außerordentlich sicher zu behüten: so ist es
andrerseits doch zu verwundern, daß Beethoven selbst,
der Ungebundene, während der ganzen Zeit seines
Zusammenseins mit Schindler gegen diesen nicht ein
Sterbenswörtchen von jenem vieljährigen Verhältnisse
verraten haben sollte. —

In Bezug auf die Cis-moll-Sonate mußte ich
einem Einspruch des Herrn Thayer in der genannten
Zeitschrift noch mit folgendem begegnen: Die Cis-moll-
Sonate betrachte ich an und für sich als musikalisches
Ganze: da halte ich es denn noch jetzt für bedeutsam,
daß Beethoven diese Sonate gerade Frl. Guicciardi
und nicht Frl. Therese Brunswick gewidmet hat, obgleich letztere ja dazumal ebenfalls seine Verehrerin
war. Ob nun Skizzen zu dieser Sonate schon weit
früher entworfen waren oder nicht, das ändert im
Wesen der Sache absolut nichts: ein wichtiges Moment
aber ist die Ausführung der Skizzen und — in
unserem Streite — ein noch wichtigeres die Widmung
selbst. —

Diesen Abschnitt möchte ich mit der Bemerkung
beschließen, daß die eingeweihtetsten Kenner der Beethovenschen Werke den Geist der hier in Frage kommenden Kompositionen, — Guicciardi-Sonate und Therese
Brunswick-Sonate— der obigen Darstellung entsprechend

ansehen. Ich erinnere nur an die zwei hervorragendsten
Ästhetiker in Beethoven, an Wilhelm von Lenz und
Adolf Bernhard Marx.

Ersterer läßt nicht leicht etwas auf ein Beethovensches Werk kommen. — Während er die Cis-moll-
Sonate in Verbindung mit der Liebestragödie über-
schwenglich preist, spricht er sich, wie folgt, über die
Brunswick-Sonate aus* : „Beethoven widmet das
Werk sc. die Klavierphantasie op. 77 seinem Freunde
Brunswick. Er war mit dem Worte nicht freigebig:
wir finden diese Bezeichnung nur zweimal und zwar
hintereinander, in op. 76** und 77: nur gehört op.
76 offenbar einer früheren Zeit an: mit einem Teil
von op. 77 ist dies ebenso der Fall: möchte man da
nicht vermuten, Beethoven habe eines Tages unter
seinen alten Sachen aufgeräumt, um mehre in Dedikationen ausstehende Freundschaftsschulden in eins zu
berichtigen? — Spricht hiefür nicht noch die Widmung
von op. 78, eines in demselben Monat erschiene-
nen fragmentarischen Werkchens, an ein anderes
Glied des Brunswickschen Hauses?"***.

Ähnlich ist das Verhalten von A. B. Marx. — Auch
dieser geniale Interpret Beethovenscher Tonschöpfungen

---

* Siehe: W. von Lenz: Beethoven, eine Kunststudie,
Band IV, Hamburg 1860, kritischer Katalog III. Teil p. 185.

** Es sind die dem Freunde Oliva gewidmeten Variationen
in D-dur.

*** Das ist eben die der Gräfin Th. von Brunswick gewidmete Sonate in Fis-dur.

weiß für den tiefen Gehalt der Phantasie-Sonate in Cis-
moll die herrlichsten Worte zu finden, für das „leise Lied
entsagender Liebe" Marx: Beethoven, II. Aufl. I, p. 129);
die Sonate in Fis-dur aber, die der Gräfin von
Brunswick gewidmet ist, hält er gar nicht der Erwähnung wert. — Derselbe Ästhetiker hat eine höchst
bedeutsame „Anleitung zum Vortrag Beethovenscher
Klavierwerke" Berlin 1863: II. Aufl. von Dr. G.
Behncke besorgt, 1875 geschrieben. Auch hierin wird
die Cis-moll-Sonate unter den mannigfachsten Gesichts-
punkten eingehend behandelt: Von der Fis-dur-Sonate,
op. 78, ist auch hierin nicht die Rede.

Und so wird es weiterhin geschehen: die Cis-moll-
Sonate (Mondschein- und Laubensonate genannt) wird
fortfahren, die Gemüter anzuregen, dichterische Seelen
zu entflammen, — während die Fis-dur-Sonate nichts
bewegen wird.

Viertes Stück:

Der „Liebesbrief" selbst.

Schlußbetrachtungen darüber und über den ganzen Stand der Streitfrage.

Am 6ten juli, Morgends. —

Mein Engel, mein alles, mein Ich. — nur einige
Worte heute, und zwar mit Blejstift — mit deinem,
erst bis morgen ist meine Wohnung sicher bestimmt,
welcher nichtswürdige Zeitverderb in d. g. — warum
dieser tiefe Gram, wo die Nothwendigkeit spricht —
Kann unsre Liebe anders bestehn als durch Aufopfe-
rungen, durch nicht alles Verlangen, Kannst Du es
ändern, daß Du nicht ganz mein, ich nicht ganz Dein
bin — Ach Gott, blicke in die schöne Natur und be-
ruhige Dein Gemüth über das müßende — die Liebe
fordert alles und ganz mit recht, so ist es mir mit
Dir, Dir mit mir — nur vergißt Du so leicht, daß
ich für mich und für Dich leben muß, wären wir ganz
vereinigt, Du würdest dieses schmerzliche eben so wenig
als ich empfinden — meine reise war schrecklich, ich
kam erst Morgens 4 Uhr gestern hier an, da es an
pferde mangelte, wählte die post eine andre reiseroute,
aber welch schrecklicher Weg, auf der letzten Station
warnte man mich bei nacht zu fahren, machte mich
einen Wald fürchten, aber das reizte mich nur, — und
ich hatte Unrecht, der Wagen muste bei dem schreck-

lichen Wege brechen, grundloß, bloßer Landweg ohne
☐*, solche postillione, wie ich hatte, wäre ich liegen ge=
blieben Unterwegs — Esterhazi hatte auf dem andern
gewöhnlichen Wege hierhin daßelbe schicksaal mit 8 pfer=
den, was ich mit vier — jedoch hatte ich zum theil
wieder Vergnügen, wie immer, wenn ich was glücklich
überstehe. — nun geschwind zum innern vom äußern,
wir werden unß wohl bald sehn, auch heute kann ich
Dir meine Bemerkungen nicht mittheilen, welche ich
während dieser einigen Tage über mein Leben machte
— wären unsre Herzen immer dicht an einander,
ich machte wohl keine d. g. Die Brust ist voll Dir
viel zu sagen — ach — Es gibt Momente, wo ich
finde, daß die sprache noch gar nichts ist — erheitre
Dich — bleibe mein treuer einziger schatz, mein alles,
wie ich Dir das übrige müßen die Götter schicken,
was für unß sein muß und sein soll. — Dein treuer

Ludwig. —

Abends Montags am 6ten juli. —

Du leidest du mein theuerstes wesen — eben jetzt
nehme ich wahr, daß die Briefe in aller Frühe auf=
gegeben werden müßen. Montags — Donnerstags
— die einzigen Tage, wo die Post von hier nach K.**)
geht. — Du leidest — ach, wo ich bin, bist Du mit

---

   * Etwas Durchstrichenes.

   ** Der Buchstabe K. ist recht undeutlich, unklar, er sieht
einem kleinen griechischen Alpha (α) ähnlich.

mir, mit mir und Dir werde ich machen daß ich mit
Dir leben kann, welches Leben!!!! so!!!! ohne Dich
— verfolgt von der Güte des Menschen hier und da,
die ich meine — eben so wenig verdienen zu wollen,
als sie zu verdienen — Demuth des Menschen gegen
den Menschen — sie schmerzt mich — und wenn ich mich
im Zusammenhang des Universums betrachte, was bin
ich und was ist der — den man den Größten nennt
— und doch — ist wieder hierin das Göttliche des
Menschen — ich meine wenn ich denke daß Du erst
wahrscheinlich Sonnabends die erste Nachricht von mir
erhältst — wie du mich auch liebst — stärker liebe
ich Dich doch — doch nie verberge Dich vor mir —
gute Nacht — als Badender muß ich schlafen gehn
—*) — ach Gott — so nah! so weit! ist es nicht
ein wahres Himmelsgebäude, unsre Liebe — aber
auch so fest, wie die Veste des Himmels. —

Guten Morgen am 7. Juli —
schon im Bette drangen sich die Ideen zu Dir meine
Unsterbliche Geliebte, hier und da freudig, dann wieder
traurig, vom Schicksaale abwartend, ob es uns erhört
— leben kann ich entweder nur ganz mit Dir oder
gar nicht, ja ich habe beschlossen in der Ferne so
lange herumzuirren, bis ich in Deine Arme fliegen
kann, und mich ganz heimatlich bei Dir nennen kann,
meine Seele von dir umgeben in's Reich der Geister
schicken kann — ja leider muß es sein Du wirst Dich

---

* Folgen zwei ausgestrichenen Worte.

fassen um so mehr, da Du meine Treue gegen Dich kennst, nie eine andre kann mein Herz besizen, nie — nie — o Gott warum sich entfernen müßen, was man so liebt, und doch ist mein Leben in B.*   !!, so wie jezt ein kümmerliches Leben — Deine Liebe macht mich zum glücklichsten und zum unglücklichsten zugleich — in meinen Jahren jezt bedürfte ich einiger Einförmigkeit, Gleichheit des Lebens — kann diese bej unserm Verhältniße bestehn? — Engel, eben erfahre ich, daß die Post alle Tage abgeht — und ich muß daher schließen, damit Du den B.**, gleich erhältst — sej ruhig, nur durch ruhiges beschauen unsres Daseins können wir unsern Zweck zusammen zu leben erreichen — sej ruhig — liebe mich — heute — gestern — welche Sehnsucht mit Thränen nach Dir — Dir — Dir mein Leben — mein Alles — leb wohl — o liebe mich fort — Verken[ne] nie das treuste Herz Deines Geliebten   L.

    ewig Dein

    ewig mein

    ewig unß

Das Original dieses dreiteiligen „Liebesbriefes" umfaßt fünf Briefblätter englisches Format), die hier in der Mappe zusammengeheftet sind. Das Ganze ist mit Bleistift geschrieben, ohne Adresse und ohne Orts-

---

    * Dieses lesen Alle als B = Wien. Darüber unten ein Weiteres.

    ** B. = Brief.

angabe: weder ein Woher noch ein Wohin giebt's dabei.
Zwischen Seite 8 und 9 ist eine gepreßte Blume auf-
bewahrt. Ein pflanzenkundiger Kollege versicherte mir,
daß es gepreßter Flieder sei: jedenfalls keine Immor-
tellen. Auch das ist ein Symptom in dieser Streitfrage.

Die Wiedergabe des Liebesbriefes in Schindlers
Biographie ist ungenau und lückenhaft: manches Wichtige fehlt. — Der Erste, der nach dem Originale zu
Berlin eine gute genaue Abschrift nahm und ver-
öffentlichte, ist L. Nohl (siehe dessen Beethovenbiographie II, p. 125—128 und dessen „Briefe Beethovens“ p. 21—23). Orthographie und Interpunktion
hat dieser, wie so ziemlich Jeder vor und nach ihm
verbessert. — Auch Nohl, wie die anderen alle, schreibt,
„mein Leben in W.“ u. s. w. —

Dasselbe wie von Nohls Wiedergabe des Liebesbriefes gilt auch von derjenigen Thayers im III. Bande
seines Beethovenwerkes p. 127—128.

Ich habe nun über das vermeintliche „W.“ bei dem
viel zitierten und wichtigen Satze: „und doch ist mein
Leben in W. ? so wie jetzt ein kümmerliches Leben,“
noch folgendes zu bemerken.

Ich habe mich bei neuer, sorgfältiger Prüfung
des Originales überzeugt, daß dieser Buchstabe mit
einem Punkte dahinter durchaus kein „W.“ ist, sondern
vielmehr aller Wahrscheinlichkeit nach ein „B“, wie ich
es auch hier in meiner Wiedergabe des Liebesbriefes
gesetzt habe. Diese Verschiedenheit ist nun doch gar

nicht so unwichtig, als es den Anschein hat. — Beethovens B ist überhaupt sehr charakteristisch; er kennt
nur eine Art B, einen hochgezogenen Buchstaben überall, ob Beethoven nun Worte wählt, wie: viel, voll,
verberge, oder andrerseits: Beste, Verhältnis, Vergnügen
und so weiter. Solch ein Buchstabe steht dort an der
Stelle: „mein Leben in B." — Keine Spur von
einem Beethovenschen „w" oder „W". Wer sich dafür interessiert, suche Gelegenheit, den Liebesbrief im
Originale einzusehen. Der Kustos der musikalischen
Abteilung der Berliner Bibliothek, Herr Dr. Kopfermann ist so liebenswürdig und entgegenkommend, daß
er gewiß jede darauf hinzielende Wißbegierde befriedigen wird. — Da der Liebesbrief ja auch — irre
ich nicht — ganz faksimiliert ist, so kann diese Untersuchung nach Belieben auch anders angestellt werden.
— Soviel über das Äußere.

Dieser Unterschied ist aber für den Inhalt des
Briefes von Bedeutung. Wird das „B" zugegeben*),
so kann es sein, daß damit der Anfangsbuchstabe des
Badeortes gewonnen ist, von welchem aus Beethoven

---

* Von „W" kann, wie gesagt, keine Rede sein. Aber während
des Druckes dieser Schrift vorgenommene neue Studien Beethovenscher Briefe im Originale ließen mich zu meinem Erstaunen
wahrnehmen, daß Beethoven jene Kaiserstadt wirklich „Bien"
schreibt. Dann könnte also das „B." des Liebesbriefes eine Abkürzung für „Bien" oder für den betreffenden Badeort sein. Im
ersteren Falle würde der Inhalt auf eine in „Bien" lebende Dame
hinweisen.

jenen Brief schreibt, also nichts von Wien und seiner Lebensweise darin; — sondern von seiner kümmerlichen Lebensweise in dem Badeorte „V."

Jedenfalls ist diese kleine Variante geeignet, dem Inhalte des Briefes in mancher Beziehung eine andere Richtung zu geben. — Auch muß noch darauf hinge= wiesen werden, daß kein zwingender Grund vorliegt, anzunehmen, daß sich das ganze Liebesgemälde unter Beethovens Feder gerade in einem ungarischen Bade= orte entwickelt habe. Denn nichts anderes deutet auf Ungarn hin als der dort vorkommende Name des Fürsten Esterhazy, der in Ungarn Besitzungen hatte. — Doch die Szene jener Liebesleiden kann darum eben= so in Böhmen, oder Schlesien oder in noch anderen Gebieten der österreichischen Monarchie sein, wohin Fürst Esterhazy gereist sein mag.

So giebt der Beethovensche Liebesbrief immer neue Rätsel auf. Aber der Stand der Frage bleibt trotz allen Aufwandes von Scharfsinn und Phantasie, wie gesagt, dennoch der alte. — Innere Gründe, wie ich sie nach den mannigfachsten Seiten aufgestellt habe, sind durchaus gegen ein so weites Hinausschieben des Briefes, als es für Beethoven die Jahre 1806 und 1807 bedeuten müßten. — Die größeste Wahrschein= lichkeit behält immer noch das Jahr 1802 für sich: wie andrerseits Gräfin Giulietta Guicciardi die „Un= sterbliche Geliebte" Beethovens bleibt, solange nicht unabweisbare Dokumente dagegen zeugen.

CPSIA information can be obtained
at www.ICGtesting.com
Printed in the USA
BVHW031017240721
612727BV00002B/384